Jutta Herzberg

# Michi

Eine Geschichte zum Nachdenken

AF285771

Jutta Herzberg

# MICHI

## Eine Geschichte zum Nachdenken

Gestaltung und Layout: Gunar Herzberg

Bildbearbeitung: Jutta Herzberg


Herstellung und Verlag: Books on Demand GmbH, Norderstedt

www.bod.de


ISBN: 9783837079623

Am Fluss

Heute scheint endlich die Sonne und ich kann raus aus der Wohnung. Ich glaube langsam beginnt wieder die Zeit, wo ich keine dicke, stinkende Jacke mehr brauche. Wo ich nur mit dem Unterhemd raus gehen kann ohne zu frieren.

Heute ist wieder ein Tag, wo alle etwas zu tun haben, außer die aus unserer Wohnung. Aber die machen ja nie etwas, außer fernsehen und sich gegenseitig anschreien. Darum bin ich auch schon draußen, damit keiner nach mir schreit. Hier in meinem Versteck ist es gut, keiner nervt hier mit Schule und so. Die Schule hat mir nicht gefallen, obwohl ich ein paar mal da war.

Es ist schon ganz lange her, als meine Mutter zu mir sagte, daß ich mich anziehen sollte und unten auf den Schulbus warten soll, weil heute mein erster Schultag ist. Ich beeilte mich, weil ich dachte, daß ich endlich wie all die anderen, dann jeden Tag etwas zu tun habe. Es war ein merkwürdiger Bus, es war nicht so einer wie der, der immer da hinten am Schild hält. Erst wollte ich auch gar nicht einsteigen, aber mein großer Bruder gab mir einen Stoß von hinten, und so ging ich. Im Bus war ein Mädchen, die hatte einen Stuhl mit Rädern. Ein Anderer saß auf einem Sitz und schrie ganz komische Worte. Ich hatte richtig Angst und wollte aufstehen, aber das ging nicht, weil ich festgebunden war. Als ich endlich aufstehen konnte, lief ich ganz schnell weg. Doch das nützte nicht viel, weil ein großer Mann schneller war als ich und mich einholte und zurück schleppte. Er setzte mich auf einen Stuhl in einem Raum, in dem noch andere Kinder waren. Alle waren anders, einer hatte einen ganz roten nassen Mund und die Zunge hing immer raus. Neben mir war einer der immer mit dem Kopf wackelte. Ich stand auf und lief zur Tür, aber wieder war der Mann da und setzte mich wieder auf den Stuhl. Die Frau, die auch im Raum war, sagte sie wolle uns eine Geschichte erzählen. Das fand ich gut, aber sie sprach so langsam, daß ich am Schluß den Anfang nicht mehr wußte. Das fand ich so doof, daß ich nicht mehr hinhörte, wenn sie etwas sagte. Immer wenn ich in der Schule war, mußte ich warten, bis sie mit dem helfen bei den anderen fertig waren, und dann kam der Bus und ich wurde wieder nach Hause gebracht. Deshalb gehe ich nicht mehr in die Schule und verstecke mich hier.

*H*eute habe ich zu lange geschlafen und kam nicht schnell genug aus der Wohnung. Gerade als ich raus wollte, klopfte es und als ich die Tür aufmachte um zu verschwinden, stand ich vor Bullen (Polizisten). Sie packten mich am Arm und fragten ob ich Michael heiße. Nein, so heiße ich nicht und lief weg. Ich hörte noch wie meine Mutter sagte daß Michi wohl schon weg sei und dann knallte die Tür. Das ist komisch, was hat Michael.... mit mir zu tun? Aber da waren auch schon die Bu.... und brachten mich ins Polizeiauto. Sie sagten nur, daß sie mich in die Schule bringen müssen, mehr nicht. Ich wollte auch gar nichts hören. Vor langer Zeit habe ich mir oft gewünscht einmal mit einem Polizeiauto zu fahren, aber heute nicht.

Als wir auf dem Schulhof ankamen, stand da schon die Frau, die immer so langsam erzählte. Mit den Bu.... redete sie nicht so langsam, es hörte sich richtig gut an, wie sie sprach. Deshalb ging ich gerne mit in den Raum, wo die anderen Kinder saßen. Doch nein, als die Tür zu war, redete sie wieder so langsam. Ich guckte aus dem Fenster und dachte an mein Versteck, und an die Entenfamilie, die ich gestern von ganz dicht sehen konnte. Die Frau fragte mich, ob ich morgen freiwillig wiederkomme, ...weiß nicht. Sie schob mich in den Bus, womit ich nach Hause komme. Morgen gehe ich nicht wieder hin, nein ganz sicher nicht.


*I*ch saß auf der Treppe, als die Meckerziege an mir vorbei ging. Warum sie Meckerziege heißt, weiß ich nicht, aber alle sagen so zu der. Sie guckte mich an und fragte ob mir etwas fehlt, weil ich hier rumsitze. „Nee, glaube nicht." „Dann mach doch etwas, was *dir* Spaß, und was *du* willst", hörte ich sie noch sagen bevor sie in ihrer

Im Treppenhaus

Wohnung verschwand. Aber was macht Spaß? Was will ich? Was meint sie denn? Da war die Meckerziege schon wieder, mit einem Besen in der Hand. „Du bist ja immer noch da." Jo, was soll ich denn machen? Sie setzt sich neben mir auf die Treppe und sagt: „Michi, *du* kannst alles machen, was *du* nur willst, aber *du* mußt es ganz alleine wollen, niemand anderes kann für dich lernen, nur *du* alleine kannst es tun". Sie stand auf und fegte weiter. Ich weiß nicht was die Meckerziege von mir wollte, aber vielleicht sagen die anderen deshalb so zu der. In meinem Versteck sah ich die Entenfamilie wieder. Die Enteneltern paßten die ganze Zeit auf ihre Kinder auf, sie schwimmen nicht von den Kindern weg. Komisch, als ich einen Stein ins Wasser warf schwammen alle ganz schnell weg. Nun sitze ich hier wieder ganz alleine und warte daß es dunkel wird um in die Wohnung gehen zu können.

*D*iesmal kriegen sie mich nicht, dachte ich und rannte so schnell ich konnte auf der Straße zum Fluß. Das hat funktioniert, sie haben mich nicht gesehen. Trotzdem laufe ich besser weiter, um sicher zu sein. Dort hinten bei den Bäumen kann ich Pause machen. Unter den Ästen verstecke ich mich erst mal. Oh nee, ein langsames Polizeiauto kommt auf mich zu. Ich machte mich ganz platt und bewegte mich nicht. Hoffentlich sehen die mich nicht.

Lautes Gerede weckte mich auf, bin wohl einge-schlafen. Wer redet da? Sind es die Bu...., die mich suchen? Vorsichtig sah ich mich um. Hinter mir ist eine Mauer, wo ein Fenster drin ist, es ist auf. Jetzt wo mein Herz nicht mehr so laut ist, kann ich besser verstehen, was hinter der Mauer geredet wird. Da sind mehr drin, es sind viele Stimmen, die da reden. Was ist denn das, so was habe ich schon mal im Radio gehört. Es hört sich gut an, ich glaube dazu sagt man singen, aber da ist noch mehr zu hören. Egal, hier bleibe ich noch etwas sitzen.  Was war da? Es ist besser wenn ich jetzt verschwinde, die suchen bestimmt nicht mehr nach mir. In meinem Versteck dachte ich noch die ganze Zeit an das Singen. Ich gehe nun jeden Morgen an meine Mauer und hör zu. Weil ich jetzt keine Angst mehr habe, kann ich von Anfang alles hören, nur verstehen tue ich es nicht. Schade, daß die da drinnen nicht wieder singen, das war gut.


$\mathcal{E}$in paar Tage später sind die Blätter an den Bäumen so viel geworden, daß mich keiner sieht, wenn ich auf den Baum klettere und in den Raum sehe. Da sind einmal so viele Kinder drin wie ich Finger habe und Daumen. Nach einer ganzen Weile kommt dann ein Großer in den Raum und sagt was. Hört sich gut an. Ich habe genau hin-geguckt und weiß schon wie welche gerufen werden. Alle sollen still sein wenn der Große

Mauer mit Fenster

spricht. Komisch, oft sind sie es auch, nur wenn der Dicke da ist, ist es laut und keiner bleibt sitzen. Er sagt auch nicht, seid still, nee, er macht mit. Wenn ein Laut kommt, rennen alle aus dem Raum. Dann dauert es etwas und der Laut kommt wieder und dann sind auch die Kinder alle wieder da. Manchmal schreien die Kinder da drinnen auch so wie in unserer Wohnung, das mag ich dann nicht hören und gehe in mein Versteck.

$\mathcal{I}$n unserer Wohnung muß es doch irgendwo Papier geben, wo ich auch etwas drauf machen kann, wie die Kinder hinter der Mauer. Hier das nehme ich, eine Seite ist noch frei. Einen Schreiber habe ich noch von dem Weihnachten. Der ist nicht so schön wie die auf dem Tisch hinter der Mauer, aber er macht Farbe. Ich stecke es in die Hosentasche, wo daß Loch nicht so groß ist, und warte bis es hell wird.

Heute bin ich ganz früh in meinem Baum an der Mauer, hoffentlich kommt der Laut auch, wonach die Kinder immer in den Raum kommen. Ich habe schon oft hier gesessen und da kam kein Laut und die Kinder auch nicht. Hoffentlich kommt es heute. Fast wäre ich vom Baum gefallen, daß ist der Laut, und ja, da sind auch die Kinder. Och, der Platz, wo das Mädchen mit den Schwänzen immer war, ist leer. Wo ist sie? Da kommt sie mit dem Großen. Alle sind ganz leise. Sebastian macht die Hand hoch, wenn das einer macht und sein Name wird gesagt, dann kann der reden, fast so viel er will und die anderen sagen dann nichts. Jetzt sagt er, daß ihm nicht warm ist. Der Große will das Fenster zu machen, aber der kleine Finn sagt, daß er lieber mit Sebastian den Platz wechseln will, weil ihm so warm ist. Der Große bewegt den Kopf und nun sitzt Finn unter mir am Fenster. Oh ja, endlich macht der Große Farbe an die Wand. Alle reden laut AUTO, bei der nächsten Farbe reden alle HAUS, dann SCHULE, MUTTER, VATER, WASSER und noch so viele andere Dinge. Ganz leise habe ich das auch gesagt, immer nach den Kindern. Jetzt malen die Kinder alles ab, was an der Wand ist. Ich mache das auch, ganz klein, das Papier ist nicht so groß, und mein Tisch ist die Kippenschachtel von meinem großen Bruder. Aber ein bißchen ist es so wie an der Wand. Der Große fragt, wollen wir etwas singen? „Oh ja!" ...ups, mich fragt er doch nicht. Nein, keiner da drinnen hat mich gehört. Finn sieht aus dem Fenster und sagt „Alles grün macht der Mai" Und schon singen alle, der Große sitzt an einem Tisch und bewegt die Finger auf hellen und dunklen Platten. So ist es am schönsten. Seid jetzt habe ich viel von der Wand mit gemalt, und in ein Loch in meinem Versteck gelegt.

$\mathcal{A}$ls ich heute auf den Baum an der Mauer klettern wollte, stand da der kleine Finn. Ich hatte solche Angst und wollte weglaufen, da rief er zu mir „Hallo ich bin Finn, wer bist du?" In der Wohnung und in der Schule bin ich Michi, aber der will ich hier nicht sein. Nein...ganz sicher nicht....... Michael. Michael wenn du willst bringe ich dir in der Pause einen Mathezettel und unser Deutschdiktat, und schon war er weg, weil der Laut da war. Hat er Michael gesagt? Ich kletterte auf meinen Baum, und sah Finn, der immer noch unter mir am Fenster saß. Er sah zum Baum und lachte. Was sagte er noch? Mathezettel? Deutschdiktat? Pause? Der Dicke ist jetzt im Raum und fragt: "Wollen wir spielen?" Und schon geht es los, Tische und Stühle werden geschoben, keiner sitzt mehr still. Wer ist das denn da unten auf den Weg? Sie reden von der Schule und daß jeder in die Schule gehen soll. Oh nein, sie suchen nach mir. Ich halte den Atem an, damit sie mich nicht bemerken. Nein in die Schule gehe ich nicht mehr, nein, nein. Jetzt kann ich sie nicht mehr sehen und nicht hören, ich hau besser ab. Mist, daß ich heute so früh weg muß, - er hat mich Michael genannt.

„Wo warst du gestern?" Da redet was aus den Busch... nun kann ich den sehen, der Michael gesagt hat. „Ich mußte weg, aber jetzt bleibe ich." „OK, dann bis zur Pause" und weg ist er. Ich kletterte auf den Baum. Da war Papier um den Ast gebunden. Ich machte es lose und guckte es an. Was soll ich damit? Da ist der Laut, nun geht es los. Alle Kinder sind auch da. Der Große ist nun im Raum, er sagt alle wie sie heißen und malt in dem großen Buch. Jetzt malt er mit Licht was an die Wand, das habe ich schon gesehen. – Wo war das? Die Kinder haben einen Zettel auf dem Tisch. Ja, der Zettel am Ast. Der Große sagt jetzt rechnen wir alle nacheinander. 1+1 ist ..2 , 3+2 ist 6 oh – nein 5, so geht es immer weiter. Wieso der Große manchmal ja oder nein sagt weiß ich nicht, aber bei „ja" freuen sich die Kinder, find ich auch gut. Nun malt der Große was auf das Licht, und an der Wand kann ich es sehen. Alle malen jetzt auf den Zettel. Das an der Wand ist wie mein Zettel, nur nicht alles. Wenn ich das male, was der Große malt, ist mein Zettel, wie das an der Wand. Find ich gut. Der Laut, jetzt, das war schnell. „Michael, Michael komm bitte runter." Ich trau mich nicht noch einmal hoch. „Finn bist du es?" „Ja." Mit einem Sprung bin ich unten, und sitze vor Finn seinen Schuhen. Er sagt, das es nur eine kurze Pause ist. „Pause, was ist das?" „Das ist wenn es klingelt und wir draußen spielen können und unser Pausenbrot essen. Es Klingelt, ich muß wieder rein." Er läuft weg, doch dann bleibt er stehen und kommt zurück. „Du darfst es keinem erzählen, daß ich hier war, OK, das dürfen wir nämlich nicht." Ich bewege mein Kopf für JA, dann läuft er weg. Vom Baum sehe ich die

Zum Versteck

ganze Weile in den Raum und finde es gut, daß ich jetzt weiß, daß der Laut Pause ist. Nun ist jetzt Pause, alle haben Taschen an sich, dann kommen sie jetzt nicht wieder in den Raum. Ganz langsam gehe ich in mein Versteck und habe ein lustiges picken im Bauch.

Finn kam jetzt immer wenn es Pause war, er sagte mir viele Sachen, die von in dem Raum sind. Ich weiß nun, daß wenn nicht Pause ist, Stunde ist. Das ist dann wenn man etwas Neues hört und es nicht vergessen soll. Lernen sagt Finn heißt das. Hört sich nicht schön an, aber was soll's. Es ist Stunde und ich sitze auf dem Baum und lerne, das hört sich gut an, wenn es stimmt was Finn sagt. Auch malen die nicht auf den Zetteln, sie schreiben. Finn sagt, daß nur Babys malen, wir sind groß und schreiben. Ich bin höher als Finn, dann schreibe ich auch. Wo ich jetzt so oft mit Finn in der ...Pause... rede, kann ich viel guter mit malen, ach nein mitschreiben. *Michael* kann ich nun auch schreiben, das muß ich nämlich auf jeden Zettel schreiben, der meiner ist, sagt Finn. Ich habe noch so viele Zettel in meinem Loch, und dann habe ich ganz lange in meinem Versteck gesessen und viel, viel Michael geschrieben. Auf alle meine schönen Zettel.

$\mathcal{M}$it einem Beutel Gummibären hat Finn für alle Tage den Stuhl mit Sebastian getauscht. „Finn -" sagt der Große laut, ach nein der heißt Martin, sagt Finn, er ist ein klitzebißchen böse glaube ich „was gibt es da so interessantes im Baum, daß du immer dahin siehst, statt zu zuhören?" Jetzt petzt er alles, um daß der Martin nicht böse wird. „Warum ist in manchen Bäumen ein Nest und in manchen nicht?" fragt Finn. Martin zieht die Nase hoch, das macht er wenn die Kinder fragen. „Finn, das erzähle ich euch in der nächsten Stunde, einverstanden? Nun wollen wir aber erst einmal weiter rechnen." Jetzt schreiben alle weiter, keiner redet mehr. Ich muß ganz still sitzen, weil der Martin am Fenster steht und in meinen Baum guckt. Es klingelt, Pause, Martin und die Kinder gehen raus aus dem Raum. „Hallo Michael, hast du das mitgekriegt? Fast hätte ich alles verraten, aber mir fiel im letzten Moment noch die Frage ein." „Danke Finn, aber ich verschwinde jetzt, wenn alle in meinen Baum sehen, kann ich nicht lernen. Nach dem Schlafen kannst du mir die Antwort erzählen, dann kann ich das auch lernen." „Ja gerne, bis dann Michael." Weil die Pause nicht mehr war, rannte ich schnell in mein Versteck und sah auf alle meine Zettel, damit ich weiß, was ich alles habe. Die Entenfamilie ist ganz dicht da. Sind die Entenkinder schon lang geworden, ob die wohl malen oder schon schreiben?

Entenfamilie

„Michael kommst du nach den Stunden mit zu mir nach Hause? Meine Mami sagt ich darf einen Freund mitnehmen, damit ich nicht alleine bin. Sie muß nach Kiel fahren und kommt erst mit meinem Papi nach Hause. Sie hat auch Mittagessen für uns hingestellt. Was sagst du Michael?" „...Weiß nicht..." „Ach, bitte Michael." „...Na gut..." „Toll, toll, bis zur Pause, dann reden wir weiter." Finn rennt weg, und ich klettere auf meinen Baum und *lerne*. 4 Finger habe ich an der Hand und so viel Pause ist es gewesen. Vielleicht singen die Kinder dann jetzt wieder mit Martin. Haben die schon oft gemacht. Martin setzt sich an den Tisch, der heißt Klavier, sagt Finn. Ja, sie singen in der Stunde. Ich kann fast richtig mit singen, aber nur mit ein bißchen Töne, damit es keiner hört, - blöd. In meinem Versteck habe ich auch gesungen, aber das ist nicht schön. Pause, es klingelt, alle haben die Taschen mit. Ob Finn jetzt kommt und mich holt? Ich höre nichts, er kommt doch nicht, geh ich eben in mein Versteck und sehe nach der Entenfamilie. „Michael, wo bleibst du denn, ich habe am Tor auf dich gewartet, willst du doch nicht mit kommen?" „Doooch, ich komm schon." Beim gehen haben wir nichts gesagt, wir haben gesungen, alles von der Stunde. Find ich gut, weil ich das alles gelernt habe, in meinem Baum.

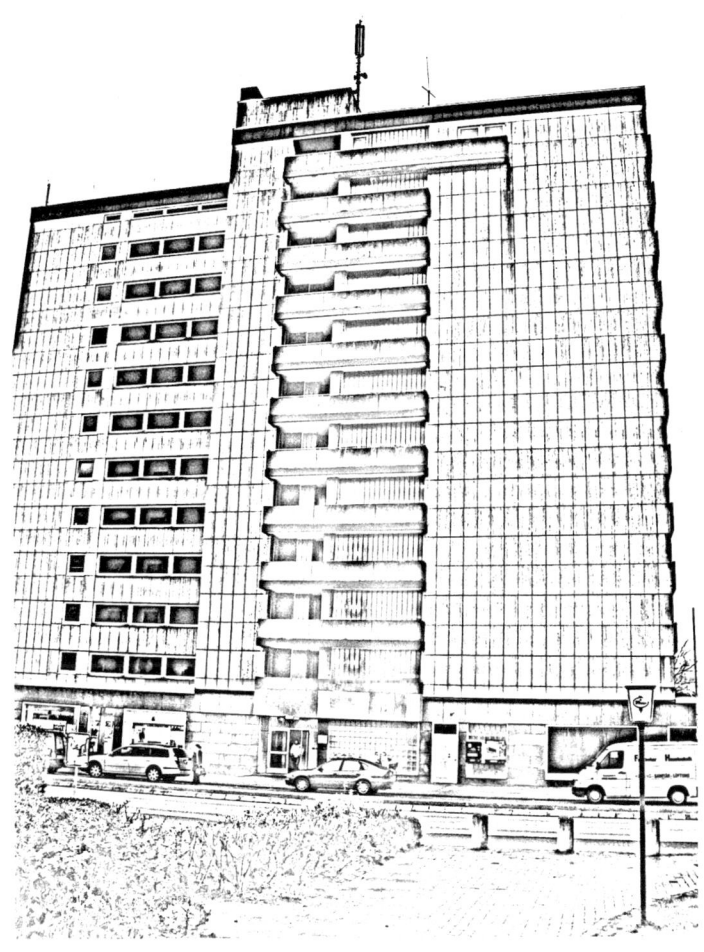

Das Hochhaus

$\mathcal{V}$or einen hohen Haus, hören wir auf mit singen und Finn kramt in der Tasche. Er findet den Schlüssel, und wir gehen rein. „Mit dem Fahrstuhl müssen wir in die 10 fahren", sagt Finn. Es ist wie bei unserer Wohnung, ...nein ... doch es ist anders. Nur mit Finn bin ich hier drin, jetzt hält er an, Finn sagt, daß wir da sind. Eine der Türen am Fenster macht Finn auf. „Komm rein und mach die Tür zu", ruft Finn. In der Küche stehen nur Teller für Finn und ...mich. Ein Zettel liegt neben den Gläsern auf dem Tisch. Finn nimmt ihn und sagt: „HALLO FINN, guten Hunger, drücke nur auf Start am M.Ofen. Deine Mutti". Er dreht sich um und drückt auf den großen Kreis. „Komm ich zeig dir mein Zimmer." Ich geh schnell zu Finn und sehe ein Raum, das ist viel besser als mein Versteck. „Michael komm schon, das Essen ist warm, es sind Nudeln mit Soße." Ich setze mich an den Tisch bei Finn und sehe auf den Teller. „Magst du keine Nudeln?" „Ja, doch", und dann essen wir alles leer. Finn stellt die Teller und Gläser in einen Schrank, der alleine abwaschen tut. Erst müssen wir die Aufgaben machen, dann können wir spielen." Und schon holt Finn lauter Sachen aus der Tasche. „Der ist für dich", und jetzt schreibt Finn gleich auf die Zettel. Ich weiß nicht was ich schreiben soll und gucke auf den Zettel. Nun zeigt Finn was ich schreiben soll, nur daß von oben in schön Schreiben auf die Linie. Das mache ich nun auch, es ist nur anders als sonst, wenn ich in meinem Baum oder in meinem

Versteck schreibe. Bei Finn am Tisch geht es viel schöner. Als alle Linien voll sind, schreibe ich noch *Michael* auf den Zettel und stecke ihn in meine Hosentasche. Jetzt ist Finn auch fertig und wir gehen spielen, nicht nach draußen, nein - wir gehen in Finn sein Zimmer. Hier sind so viele Sachen, daß ich nicht weiß welches ich spielen will. Finn holt seine Lego Eisenbahn aus dem Regal und jetzt bauen wir die auf dem Boden auf.

*I*ch habe nichts gehört, aber Finn sagt: „Meine Eltern kommen nach Hause", er rennt zur Tür. Das Reden ist so durcheinander, daß ich nichts verstehen kann. Jetzt stehen Finn und die Eltern im Zimmer. „Hallo Michael", sagt Finn seine Mutter und streckt ihre Hand in meine Richtung. „Hallo", was will sie von mir? Jetzt nimmt sie meine Hand und sagt: „Schön daß wir dich mal kennen lernen". „Du bist also Finns Freund, herzlich willkommen", sagt der Vater. „Wann sollst du denn zu Hause sein?" „Weiß nicht so genau." „Gut, dann bringen wir dich nach dem Abendessen nach Hause, OK?" Und schon waren die Eltern aus dem Zimmer und wir können weiter spielen. „Essen ihr zwei", höre ich aus der Küche. Finn steht auf und sagt, daß ich mit kommen soll. „Jetzt müssen wir besser erst mal unsere Hände waschen, sonst schickt uns mein Vater sowieso gleich ins Badezimmer. Hände waschen, wieso? Aber ich mache es gleich wie Finn, warum auch immer. Auf dem Tisch stehen jetzt ganz viele Sachen auf einmal, an jeden Stuhl ist ein Holz, ein Messer, ein Glas und ein Papier. „Komm her und setzt dich neben Finn, dann können wir anfangen zu essen". Ich setzte mich neben Finn und bin froh daß meine Hände sauber sind. „Guten Appetit", sagt die Mutter, und nun nehmen alle sich Brot aus den Korb. Ich weiß nicht was ich nehmen soll, es ist so anders als in unserer Wohnung. Finn sieht zu mir und legt mir sein Brot auf das Holz und nimmt sich ein Neues aus dem Korb. Ein Brot fertig machen zum essen kann ich, nur nicht so schön wie die anderen hier. Da sind so viele Sachen auf dem Tisch, daß ich mir zweimal und einmal Brot aus dem Korb nehme und jedesmal was anderes darauf tue. Nun kann ich nichts mehr essen und ich habe nicht von allem gegessen, was auf dem Tisch ist, schade. Ihr beide habt euch also in der Schule kennen gelernt, sitzt ihr nebeneinander?, fragt Finn sein Vater. SCHULE, hat er Schule gesagt. „Nein, nein nicht in der Schule, in meinem Baum an der Mau..er ...", oh nein - ich darf es ja nicht verraten, daß Finn immer kommt, hab's versprochen. Mir ist ganz warm jetzt. „Ich geh jetzt nach Hause", höre ich mich sagen und will raus laufen. Finn sein Vater hält mich fest und sagt: „Warte mal,... ich bringe Dich mit dem Auto nach Hause. Er sieht mich so an, daß ich nicht nein sagen kann. Er nimmt einen Schlüssel und Finn sagt: „Tüsch bis morgen" „Nett von dir, daß du Finn heute besucht hast, wenn du willst, dann kannst

S..il…os?

du gerne mal wieder kommen", sagt noch Finn seine Mutter, und macht hinter uns die Tür zu.

$\mathcal{N}$un wo die Tür vom Fahrstuhl zu ist, sagt Finn sein Vater mir, daß er Ronald heißt und daß ich so zu ihm sagen darf. Als wir jetzt bei seinem Auto sind fragt er mich, wo ich wohne. „Ja, hmm...", muß erst überlegen, „an der Straße beim Fluß." „Da wo die zwei Silos stehen?" „S..il...os?" „Die beiden runden Dinger an der Straße," fragt Ronald mich und sieht mich an. „Ja, ich glaub schon." „Gut, dann weiß ich Bescheid", sagt er und macht die hintere Tür auf. „Setz dich in Finns Sitz, dann mache ich dich fest". Und schon bin ich am Sitz fest, so wie in dem Bus immer, nur ist es doch besser hier im Auto mit Ronald, als im Bus.
„Michael, weißt du was, morgen habe ich frei und werde Finn damit überraschen, daß ich ihn in die Schule fahre." „Nein, nein nicht, daß darfst du nicht, nicht in die Schule. Da ist es nicht gut, da redet die Frau ganz langsam, und immer sind die anderen mit helfen dran. Da, da... muß man immer warten, nein da gefällt es Finn nicht, ganz sicher nicht. In dem Raum hinter der Mauer ist es viel besser, da singen die Kinder, schreiben mit Licht und spielen. Da mußt du morgen Finn hinbringen, bitte, bitte, nicht in die Schule. Sonst ist Finn bestimmt sauer auf mich, und denkt ich habe alles verraten, er hat mich auch nicht verraten bei Martin. Ich...ich..." Ronald hat aufgehört zu

fahren und steigt jetzt aus dem Auto aus. Ich will weg laufen, aber das geht nicht weil ich wieder fest bin, da sitzt schon Ronald neben mir auf dem Sitz. „Ich sag nichts mehr, ich habe doch garnichts gesagt." Jetzt ist alles weg. Da nimmt Ronald meine Hand und sagt, daß ich erst mal tief Luft holen soll. Er macht mich los, und fragt: „Michael, wovor hast du denn solche Angst? Dir tut doch keiner was." Ronald hat immer noch meine Hand in der Hand, er sieht mich an und fragt mich, ob ich ihm nicht erzählen kann, warum Finn nicht in die Schule gehen soll. Ich will raus aus dem Auto, ich weiß nur nicht wie. Ronald merkt es und hält meine Hand etwas fester. „Michael, das ist nun schon das zweite Mal, daß du weg willst, wo ich dich etwas frage, warum nur? Ich würde so gerne hören was du zu sagen hast. Aber nur wenn *du* es willst." Wenn ich jetzt weglaufe, muß Finn morgen in die Schule gehen, und das soll er nicht, er ist doch mein Freund....weil, ich war ja mit ihm nach Hause gegangen. „Ja, ich sage es, damit Finn nicht in die Schule gehen muß." „Danke", sagte Ronald ganz leise zu mir. Aber erst müssen wir von hier verschwinden, wir stehen nämlich im absoluten Halteverbot sagt Ronald zu mir und macht mich wieder fest. Nun geht er nach vorne und macht den Motor an. „Wo wollen wir hin?" fragt mich Ronald. ... „Wenn ich alleine sein will, ... gehe ich in mein Versteck am Fluß." „Oh ja, magst du es mir zeigen?" Nun bin ich daß erste Mal nicht alleine in meinem Versteck, es ist so anders als sonst. Ich und auch

29

Ronald gucken auf den Fluß, wir sehen ohne zu reden hin zu der Entenfamilie, die da schwimmt.

$\mathcal{R}$onald guckt mich an und sagt mir, daß sie noch nicht lange in dem hohen Haus wohnen. „Finn hat in dem großen Haus noch keinen Spielkameraden gefunden, deshalb spielt er immer alleine in seinem Zimmer. Finn's Mutti und ich haben uns so gefreut, als Finn von dir erzählt hat. Auf unsere Fragen über dich hat er nicht geantwortet, wir dachten er kennt die Anworten nicht. Nun glaube ich, es ist ein Geheimnis von euch beiden. Ich will mich nicht einmischen, aber vielleicht kann ich ein bißchen helfen, daß du keine Angst mehr haben mußt." Ronald nimmt mich in den Arm und drückt mich so an sich, daß ich es bei ihm klopfen hören kann. Es fühlt sich in mir warm an und es drückt in meinem Hals, ich kann nicht reden. Mein Gesicht ist ganz naß, mein Mund schmeckt komisch und es wackelt in mir. Ohne daß ich denke, rede ich von der Schule, von der Mauer, vom malen, schreiben, singen, den Zetteln mit Michael drauf geschrieben, und alles was war. Nun mache ich mein Loch auf und zeige Ronald meine ganzen gelernten Zettel. „Die sehen nicht so schön aus, wie die von Finn, aber ich habe nicht vergessen was drauf steht. Das darf ich auch nicht, sagt Finn, wenn ich lernen will." „Michael, du bist ein fleißiger Junge, danke, daß du mir das alles erzählt und gezeigt hast. Möchtest du jetzt etwas lernen?" „Weiß nicht, ... ich bin ja nicht auf meinem Baum." „Du bist in deinem Versteck, hier hast du doch auch viel gelernt von deinen Zetteln." „Bist du so was wie Martin?" „Nein, aber ich möchte dir etwas wichtiges erzählen, was du nicht vergessen sollst. Es gibt viele verschiedene Schulen." „Schule mag ich nicht hören, und ich gehe nicht wieder hin." „Michael, du bist in einer Behindertenschule angemeldet, ich weiß nicht warum, aber daß was du von deinem Baum gesehen hast, ist die Schule, in die Finn, das Mädchen mit den Schwänzen und den anderen Kindern gehen. Schule sagt man zu dem Ort, in dem man etwas lernen kann. Es gibt auch Schulen für Große, für Menschen, die unsere Sprache lernen wollen und noch für viele andere Sachen. Man muß nur lernen wollen, um hin zu gehen." „Ich, ich ...will lernen, so wie hinter der Mauer, nicht in meiner Schule, da will ich nicht mehr hin fahren." „Das kann ich verstehen, kommst du morgen zu deinem Baum?" Ich gucke Ronald an und merke, daß wir noch ganz dicht zusammen sitzen. Ich finde es gut, ...alles erzählt zu haben. Hoffentlich bekommt Finn keinen Ärger. Ronald sagt, daß er keinem etwas von hier erzählt. „Wie kommst du nach Hause", fragt mich Ronald. ... „Ich kenne mein Weg." .... „Gut, ...bis Morgen?" „Ja."

$\mathcal{R}$onald ist schon ein bißchen lange weg aus meinem Versteck. Ich sitze noch hier und ich denke immer noch an das mit der Schule. Wenn

Michis Versteck

das hinter der Mauer Schule ist, dann will ich doch in die Schule gehen. Aber nicht in meine, nein, ich will lernen in der Schule hinter der Mauer. Einen Tisch in dem Raum haben wie die Kinder alle da haben. Ja, ... dann kann ich auch so gut schreiben, wie bei Finn zu Hause und die Kinder im Raum. Nur was mache ich um auch ein Tisch zu haben ......?    Hmm...

Was hat die Meckerziege gesagt? *-Michi, du kannst alles machen, was du nur willst, ... aber du mußt es ganz alleine wollen, ...niemand anderes kann für dich lernen, ...nur du alleine kannst es tun.-* Heißt das, ich soll sagen wo ich zur ...S C H U L E... gehen will? Wem sage ich das denn? Finn sagt, daß er immer alles seinen Eltern sagt, wenn er was will. Soll ich es in der Wohnung sagen? Ja, bestimmt, weil meine Mutter daß ja auch mit dem ersten Schultag gesagt hat. Meine vielen Zettel habe ich noch in der Hand, vom zeigen. Erst verstecke ich alle meine Zettel wieder in meinem Loch, und jetzt laufe ich schnell in die Wohnung. Hier ist alles so wie sonst auch, da steht alles im Weg, ich kann nicht so gehen, wie bei Finn zu Hause. Im großen Raum ist der Fernseher ganz laut an und meine Mutter sitzt davor sie hat fast nichts an. „MUTTER", rufe ich. „Was willst du denn schon wieder von mir?" sagt sie und guckt weiter zum Fernseher. „Ich will in die Schule gehen, hinter der Mauer." „Du gehst doch in die Schule, was willst du noch von mir? Las mich in Ruhe, ich will fernsehen." „Was willst du?" brüllt mein großer Bruder aus dem Klo. „Da mußt du erst mal was richtiges lernen, um in eine andere Schule zu gehen, und das kannst du nicht." lacht mein großer Bruder. „Hab ich schon in..." „Michi hat was gelernt in der Beklopptenschule, ich lach mich Schrott. Nein Michi, da lernt man nichts, ha, ha..." Ich geh in das Bett, Tränen kommen aus meinen Augen. Hoffentlich merkt das keiner, sonst lachen die wieder über mich. Ich bin so müde....

*I*m Fenster ist es noch dunkel, aber ich kann nicht mehr schlafen, auch nicht wenn ich die Augen ganz doll zu drücke. Ich gehe ganz leise aus der Wohnung. Hier draußen ist es komisch, in der Nase kitzelt es, auch ist der Boden ein bißchen naß. Am Fluß ist es so dunkel, daß ich mit meinen Händen das Versteck finden muß. Da ist der Stein auf den ich jedes Mal sitze. Ich gucke auf den Fluß, nun kann ich das Wasser glitzern sehen. – Schule, ja Schule, es ist wohl was anderes die Wohnung, als Finn seine Eltern, ... wo sage ich nun, daß ich in der Schule hinter der Mauer lernen will? .... Wenn ich meine gelernten Zettel alle mitnehme und dann Martin sage, daß ich in dem Raum lernen will, wo Finn und die anderen Kinder sind. ... Vielleicht ist das richtig? ... Ja das mache ich. Wenn Ronald da ist, frage ich wo das Tor ist. Da drüben oben am Himmel ist es heller, vielleicht ist das der Mond. Ich rutsche von meinem Stein und lege mich dagegen. Der Himmel malt einen Hund, .... nun sind die Beine ganz

Im Baum

kurz ... fast sehe ich jetzt meinem Baum da oben. Es ist noch nicht so hell wie sonst immer, aber ich geh besser schon zu meinem Baum, dann kann ich sehen wenn die alle kommen ... in die Schule... . Da am Rand vom Wasser liegt eine Tüte, es fehlt ein Griff, macht nichts, innen ist sie richtig gut. Alle meine Zettel tue ich in der Tüte, nun schnell zum Baum. Es ist noch alles ganz leise, kommen die heute nicht? Aber Ronald hat doch gesagt, daß er Finn morgen hier her bringen will, als Überraschung. Ist das Morgen nicht jetzt? Ich bleibe noch etwas hier, hoffentlich kommen die doch. Ja, da sind sie ich kann es genau hören. Wann gehe ich Martin das sagen? ... Erst muß ich noch sehen, daß er da ist. Dann gehe ich hin, ja so mache ich es. „Michael, Michael bist du hier?" „Ja, hier oben". Ronald ist gekommen, toll - jetzt kann ich nach dem Tor fragen. „Da kann ich nicht rauf kommen, kannst du runter kommen?" „Ja, gleich muß nur noch sehen daß Martin da ist." „Ist er da?" „Weiß noch nicht, doch da kommt er." Ganz schnell bin ich unten, und nehme die Hand von Ronald, die zu mir zeigt. „Guten Morgen, Michael", sagt er und bewegt meine Hand. Nun sage ich auch „Guten Morgen, Ronald", mache es so wie Ronald bei mir mit der Hand. Das war gut, habe ich schon bei anderen Großen gesehen, die das gemacht haben. „Ronald, kannst du mir das Tor zeigen, ich will da schnell hin." „Ja gerne, kann ich dir etwas helfen?" ... „Nein, ich glaube nicht. ... weil die Meckerziege gesagt hat, *du kannst alles ma-*

36

*chen, was du nur willst, ... aber du mußt es ganz alleine wollen, ...niemand anderes kann für dich lernen, ...nur du alleine kannst es tun.* Darum kann ich das alleine, weil ich lernen will." „Gut, aber wenn ich dir etwas helfen kann, sage es mir ruhig, ich würde dir gerne helfen." „Ich muß jetzt gehen, damit Martin nicht weg ist wenn ich fragen muß." „Viel Glück, Michael, du bist ein sehr mutiger Junge."

*I*ch stehe jetzt ganz alleine auf dem großen Platz, ob ich hier in der Schule bin? Hat Ronald mir das Tor gezeigt, wo Finn das eine Mal gewartet hat? Hier sind keine Kinder, ich höre sie auch nicht, wie in meinem Baum. Ein ganz bißchen wäre es doch gut, wenn Ronald da wäre. Aber am Tor ist keiner mehr. Da geht die ganz große Tür von dem Haus auf und ein Mann ruft und winkt zu mir hin. „Komm mal her", ruft er. Martin ist es nicht, schade, dann hätte ich es gleich sagen können. Als ich vor dem Mann stehe sage ich „Guten Morgen" und mache es mit der Hand so wie mit Ronald. Der Mann sagt jetzt auch „Guten Morgen" und wir halten die Hände fest. „Was möchtest du denn hier? Du hast ja eine ganz kalte Hand, so kalt ist es doch gar nicht." Jetzt wackelt es wieder in mir. Ich will was sagen, aber nicht ein Ton ist zu hören. „Komm erst mal mit in mein Büro, vielleicht ist es da etwas wärmer für dich." Der Mann hält meine Hand und nimmt mich mit in das Haus, hoffentlich ist das hier auch

37

Das Tor

die Schule. Hier drinnen riecht es komisch und es ist was zu hören, ich verstehe aber nichts, es ist zu leise. „Mein Name ist Herr Wolf, und ich bin der Schulleiter hier." Er hat was mit Schule gesagt. „Wie ist denn dein Name?" fragt er mich. In der Wohnung Michi, aber im Baum und mit Finn, Michael. „Wie soll *ich* dich denn nennen?" „Michael, weil ich ja nicht in der Wohnung bin." Nun macht Herr Wolf die Tür zu einem Raum auf, aber ... nein das ist nicht der wo Martin immer drinnen ist, und Finn und die anderen Kinder. Hier ist ein großer Tisch und ein großer Stuhl am Fenster. Jetzt sagt Herr Wolf, daß ich mich zu ihm an den kleinen Tisch setzen darf, der Tisch sieht ein bißchen aus wie der aus dem Raum wo die Kinder drin sind. „Michael, magst du mir nun sagen, warum du hier her zu unserer Schule gekommen bist." „Bin ich doch richtig, in der Schule" „Ja, warum?" „Das sieht hier so anders aus wie von meinem Baum, da dachte ich, ich bin nicht richtig hier. Und jetzt muß ich Martin was sagen." „Herrn Simons aus der ersten Klasse?" „Nein, nein, Martin, der in dem Raum ist, wo Finn ist und das Mädchen mit den Schwänzen und die anderen Kinder sind." „Ja du meinst Martin Simons, er ist der Lehrer der ersten Klasse." „Da mußt du aber noch etwas warten, bis Pause ist, dann kannst du mit ihm reden. Magst du so lange hier bei mir warten?" „Ja, ich muß warten". „Gut", sagt Herr Wolf und steht auf und geht zur Tür und redet mit der Frau draußen. Ich mußte gar nicht lange warten, bis Pause ist. Jetzt hat es gerade geklingelt, und das habe ich gelernt, daß das Pause ist. Es klopft an der Tür. „Herein", ruft Herr Wolf und die Tür geht auf. Ja, wirklich das ist Martin. Mir ist ganz warm und wieder kalt. „Hallo Martin, du hast Besuch, das ist Michael, er möchte mit dir reden." sagte Herr Wolf und steht auf, „Wenn ihr zwei mich braucht, ich bin draußen auf dem Pausenhof." „Hallo Michael, was gib es denn?" Martin sein Reden ist genau so wie in dem Raum mit den Kindern. Ich hole ganz viel Luft in mich und mache meinen Mund auf, dann sage ich ganz schnell: „Ich will auch in dem Raum lernen, wo du bist und wo Finn und ... und ..." Jetzt kommen schon wieder die Tränen aus meinen Augen, hoffentlich lacht er mich jetzt nicht aus. Martin macht sich neben mir klein und gibt mir ein Papier. Ich halte es in meiner Hand, da nimmt Martin es und wischt mir damit über meine Augen. „Ich,... ich ha...habe schon ganz viel ein bißchen gelernt, hier habe ich alle meine Zettel, auch mit Michael drauf geschrieben, so wie Finn es gesagt hat. Martin nimmt meine Tüte und holt alle meine Zettel raus. Er sieht jeden Zettel genau an und manchmal macht er die Nase so hoch, wie ich es von meinem Baum gesehen habe. „Michael, du hast ganz viel gelernt mit deinen schönen Zetteln, ich würde mich freuen wenn du mit in meine Klasse kommen würdest." „Ja?" „Ja, möchtest du jetzt gleich mit mir kommen oder erst Morgen zum Schulbeginn?" „Nein, nicht erst morgen, gleich, damit du es nicht vielleicht wieder vergißt." „Dich kann man nicht vergessen, Michael", sagt Martin und nimmt meine Hand. In der anderen Hand hat Martin meine ganzen Zettel. „Komm, dann wollen wir mal in die Klasse gehen und dich vorstellen, damit die anderen Kinder dich auch kennenlernen. Finn kennst du ja schon." „Wie die anderen gerufen werden weiß ich auch ein bißchen." „Das ist gut, dann sind dir die anderen Kinder ja nicht so fremd. Schau mal Michael, das ist jetzt deine Klasse, mit der Ente an der Tür. Und da bringt Jan auch schon deinen Tisch und deinen Stuhl. Er ist der Hausmeister unserer Schule." „Wo soll ich denn deinen Tisch hinstellen? Gleich hier neben Finns Tisch?", fragt mich Jan. Ich kann jetzt nur mit den Kopf ein Ja machen, weil da ist wieder was in meinem Hals. Jan stellt den Tisch mit dem Stuhl ab und sagt: „Bitte Michael". Jan geht aus dem Raum und Martin sagt mir, daß ich mich jetzt ruhig hinsetzen darf. Nun sitze ich in dem Raum, wo ich immer zu gesehen habe, von draußen. Das ist jetzt dein Tisch zum lernen und spielen hier in der Schule, höre ich noch Martin sagen und dann kommen immer mehr Tränen aus meinen Augen. Ich bin nun *drin* in der Schule hinter der Mauer. Martin kann ich gar nicht richtig sehen, mit den ganzen Tränen in den Augen, als er die Kinder fragt ..... nein als er UNS fragt: „Wollen wir singen?" „Ja", rufen alle, ich auch und nun sitzt Martin an dem Klavier und spielt und alle singen mit. Und ich auch. Nun sind alle Pausen und Stunden vorbei. Wir packen alle unsere Sachen ein, ich auch. Weil, ich habe eine

41

Map..pe bekommen für meine ganzen Zettel. Finn hat mir gezeigt wie ich das machen muß, damit das genauso aussieht, wie seine Mappe, - ganz gerade. „Michael, komm doch bitte einmal zu mir nach Vorne", sagt Martin. Ich stehe auf und gehe zu Martin an den Tisch, das habe ich ganz oft bei den anderen Kindern gesehen, wie die das gemacht haben, von meinem Baum. Und nun darf ich das. „Hier habe ich einen Leinenbeutel für deine Mappe und deinen Bleistift. Möchtest du den haben?" „Ja, dan..ke." Jetzt habe ich auch eine Tasche wie die anderen, nicht die gleiche, aber das ist trotzdem gut. „Alle fertig?", fragt Martin. „JAAaaaaaa", rufen wir alle ganz laut. „Gut dann bis Morgen, ich freue mich auf euch" ruft uns Martin hinterher. Alle wollen als erstes raus aus dem Raum, deshalb ist es an der Tür so eng. Als ich jetzt auch aus dem Raum raus komme, sehe ich Ronald mit Herrn Wolf da stehen. Ronald kommt zu mir und macht sich klein. „Hat es dir in der Schule gefallen? War es so, wie du es gerne wolltest?" „Hmm... nein noch viel schöner. Danke, daß du mir das Tor gezeigt hast." „Weißt du den Weg nach Hause", fragt mich Herr Wolf. „Nach Hause? Du meinst in die Wohnung?" Herr Wolf macht ein Ja mit dem Kopf. „Klar, den Weg bin ich so viele Male schon gegangen." „Dann bis Morgen", rufen sie mir hinterher. Ich kann von hier noch hören, wie Ronald zu Herrn Wolf „Danke" sagt. „Ich habe zu danken", sagt dann noch Herr Wolf.

Mein Platz

*I*ch bin ja zu der Wohnung gelaufen, nicht in mein Versteck. Habe ich gar nicht gemerkt. Dann gehe ich kurz in die Wohnung, vielleicht finde ich ja eine andere Hose, die nicht so viel Schmutz hat. An der Tür ist nichts zu hören, ist da keiner drin? Ich klopfe an die Tür. Mein großer Bruder macht auf. Er zieht mich schnell in die Wohnung und hält mir seine Hand auf den Mund. Ich weiß gar nicht was los ist. „Was hast du nun wieder angestellt", zischt er in mein Ohr. „Weiß nicht, ...nichts", sage ich leise zurück. „Mußt du aber, sonst wäre die alte Zippe nicht hier und hätte nach dir gefragt. Wo du bist und so. Dann hat sie noch gesagt, daß ich alle meine Sachen weg-räumen soll, und ist zu Mutter ins Wohnzimmer gegangen. Da konnte ich noch hören, das Mutter gesagt hat, daß sie nicht gestört werden will und fernsehen will. Auf einmal klopfte es dann wieder an der Tür und die alte Zippe hat auf gemacht. Zu dem Mann hat sie nur gesagt, daß er in dem Wohnzimmer steht und gleich darauf ist er mit dem Fernseher wieder raus gegangen. Seitdem redet DIE mit Mutter. Und nun willst du mir sa-gen, daß du nichts angestellt hast." „Wer ist denn das da drinnen?" Hoffentlich keiner von meiner neuen Schule. „Na, die Alte vom Jugendamt." War das doch nicht richtig, zu sagen, daß ich in der Schule hinter der Mauer lernen will. Alles zit-tert wieder in mir und die Tränen kommen auch wieder aus den Augen. Ich will doch wieder in meine neue Schule und lernen, so wie vorhin.

Gerne möchte ich in mein Versteck laufen, aber dann weiß ich ja nicht ob ich wieder in die Schule gehen darf. Besser ich gehe auf mein Bett. Meinen Leinenbeutel mit meiner Mappe und meinem Bleistift halte ich ganz doll fest, das ist meins. Die Tränen hören gar nicht auf, auch nicht, wenn ich mit dem Papier von Martin darüber wische, so wie Martin das bei mir gemacht hat. Vielleicht geht das nur wenn Martin das macht. Als ich jetzt zur Tür sehe, steht da eine Frau. "Darf ich mich zu dir setzen?", fragt sie mich. „Ja." „Ich heiße Anja Meiser, du kannst Anja zu mir sagen wenn du willst." Mein großer Bruder steht in der Tür und schüttelt den Kopf. „Ich habe von Herrn Wolf gehört, daß du dich ganz alleine in deiner neuen Schule angemeldet hast. Ganz schön mutig von dir Michi, ach nein Michael." „Bitte, ... ich will da wieder hin und lernen." „Verräter!", schreit mein großer Bruder von der Tür. „Du solltest dir ein Beispiel an deinem kleinen Bruder nehmen." „Und auch wieder zur Schule gehen, nee, dafür bin ich zu groß", lacht mein großer Bruder ganz komisch. Er hat nicht Recht, weil ich von Ronald gelernt habe, daß es auch eine Schule für Große gibt. Aber das sage ich jetzt besser nicht laut. „Nein, ich habe gemeint, daß du dir Arbeit suchen sollst, um Geld zu verdienen", sagt Anja so, daß mein großer Bruder nichts mehr sagt. Beim weggehen macht er noch ein „Pah". Jetzt sieht Anja mich an und sagt mir, daß sie hergekommen ist um zu sehen, was ich noch alles für die neue Schule brauche. „Ist das deine Schul-

Beim Einkaufen

tasche?" „Ja, die habe ich von Martin bekommen, ... vorhin in der Schule." „Vielleicht findest du ja beim Einkaufen eine Schultasche, wie die anderen haben, und die dir auch gefällt." „Oh, dann ..." „Ja Michael, sag ruhig was du möchtest." „Dann möchte ich besser eine Hose ohne Schmutz haben." „Natürlich, die müssen wir auch einkaufen und ein T-Shirt, Schuhe wenn du willst. Wollen wir los gehen?" Mein Kopf macht ganz von alleine ein Ja. Im großen Raum hat Mutter angefangen wegzuräumen, sie sieht zu mir und es sieht aus, als ob sie ein ganz bißchen lacht. Ich habe alles mit Anja eingekauft, was sie meint, das ich brauche. Eine Federtaschen da kann ich meine Stifte rein tun, damit sie nicht kaputt gehen. Nicht eine Hose nur, nein Anja sagt ich brauche noch eine zum wechseln, und auch das gleiche mit den T-Shirts und eine Jacke noch. Bei der Schultasche konnte ich mich gar nicht richtig entscheiden. Jetzt habe ich die dunkle, dann geht die nicht so schnell schmutzig, sagt Anja. Lieber möchte ich ja die Sachen mit in mein Versteck nehmen, aber Anja sagt, daß es besser ist, wenn die zu Hause sind. „Meinst du die Wohnung?" „Ja, und ich werde euch allen dreien helfen, daß das auch euer zu Hause wird." „So wie das bei Finn ist?" Anja macht ein Ja, und jetzt kauft sie mir ein Eis, eins was ich will. Als ich und Anja in die Wohnung kommen, kann man so darin gehen wie bei Finn. Mutter sitzt auf dem Sofa und sieht ganz müde aus. Wir haben Essen mitgebracht, Anja hilft beim Auspacken vom Essen und dann sitzen wir alle zusammen, Anja, mein großer Bruder, Mutter und ich am Tisch und essen. Anja sagt, daß wir jetzt ein bißchen Michaels ersten Tag *in* seiner Schule feiern. Nach dem Essen fragt Anja: „Michael willst du nicht zeigen was wir eingekauft haben?" „Doooch", ... ich zeige alles was ich habe, und dann packe ich meine Schultasche ein. Anja kommt wieder zu mir und sagt: „Viel Spaß morgen in der Schule. Am Nachmittag komme ich wieder. Ich würde mich freuen wenn wir uns dann sehen." Und zu Mutter sagt sie: „Wenn sie alles in der Wohnung in Ordnung halten, dann bekommen sie den Fernseher wieder, aber erst dann." Mit einem Winken ist sie losgegangen. „Michi komm mal her", ruft Mutter. Sie legt den Arm auf meine Schulter und dann sitzen wir neben meinem großen Bruder auf dem Sofa. Den anderen Arm legt sie um meinen großen Bruder und sagt: „Wenn ihr noch wollt, können wir ja versuchen jetzt eine Familie zu werden, Frau Meiser hat versprochen uns zu helfen, wenn wir es wollen. „Wollen wir?" „Ja", sage ich mit meinem großen Bruder. „Das ist schön", sagt Mutter. Jetzt hat sie Tränen in den Augen, ich gebe ihr mein Papier von Martin und sie wischt sich die Augen trocken. „Danke Michi, du wirst doch mein Michi bleiben, oder?" „Ja, hier bleibe ich Michi, hier mit euch."

Seitdem, bin ich viele Tage in die Schule gegangen und habe auch viel gelernt. Auch hat
Mutter ihren Fernsehen wieder bekommen. Aber
der ist nicht mehr immer an, und die Wohnung ist
nun unser zu Hause, weil auch nicht mehr so viel
im Weg liegt. Anja kommt uns ganz oft besuchen,
und dann fahre ich mit Mutter und ihr mit ihrem
Auto einkaufen. Mein großer Bruder geht jetzt
auch wieder in eine Schule, das hat Anja gemacht. Nur jetzt nicht weil wir Ferien haben, ganz
lange. Nachher wollen wir drei für eine Weile zu
KUR fahren, ich weiß nicht was das ist, aber Mutter sagt, daß das Urlaub ist und das habe ich von
Finn schon gehört, der fliegt nämlich in den Urlaub. Ich freue mich darauf. Da kommt Anja, jetzt
geht es endlich los.

*Ja, ja ... das ist lange her. Damals, als ich gerade mit meinem Studium fertig war, starb Mutter. Sie war sehr krank. Heute sitze ich an ihrem Grab und überlege, was wohl aus mir geworden wäre, wenn die Meckerziege nicht gewesen wäre?*